거대한 뿌리, 그리고 김일성 만세

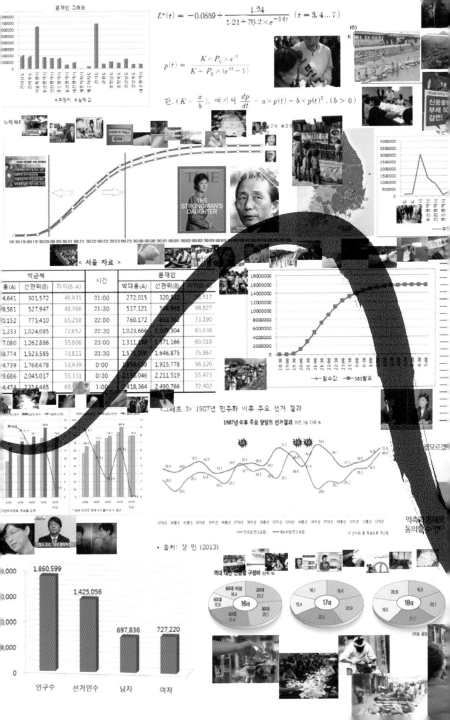

$$L^*(t) = -0.0859 + \frac{1.24}{1.24 + 70.2 \times e^{-0.4t}} \quad (t = 3, 4 \ldots 7)$$

$$p(t) = \frac{K \times P_0 \times e^{rt}}{K - P_0 \times (e^{rt} - 1)}$$

단, $\left(K = \dfrac{a}{b}\right)$, 여기서 $\dfrac{dp}{dt} = a \times p(t) - b \times p(t)^2$, $(b > 0)$

< 서울 자료 >

<그래프 3> 1987년 민주화 이후 주요 선거 결과

1987년 이후 주요 양당의 선거결과

• 출처: 강 민 (2013)

역대 대선 연령별 구성비

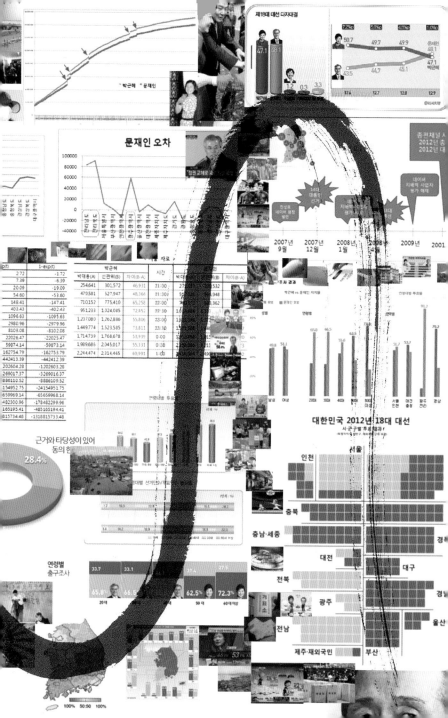

5.16

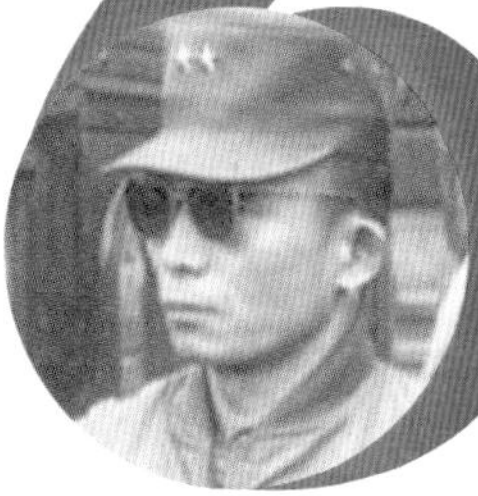

51.6%

대한민국에서 18대 대통령 선거가 치러지던 날이다. 공주형한테서 밤 10시쯤 전화가 왔다. 어쩔 수 없이 같이 흥분했지만 진보단체의 홍보물이나 다름없는 녀석의 말은 지루하고 심지어 지겹기까지 했다. 생각할수록 화가 나는 건 시답잖은 이 친구의 정의감이다.

진보매체가 좋아하는, 잘 알려진 다큐멘터리 사진작가, 이름은 공주형, 51세. 최근엔 삼성 백혈병 피해자들을 찍어 사회적으로 큰 반향을 일으켰다. 내가 관훈동에 있는 사설 갤러리의 관장을 지내던 시절부터 이 친구와 친분을 맺었으니, 햇수로 10년 묵은 사이다.

벌써 한 달여 전이나 되었다. 삼일절날 저녁, 공주형과 또한 친구를 만나러 광화문을 건너는데, 미대사관에 걸린 성조기가 발기한 남성의 생식기처럼 느껴져 나도 모르게 어깨가 움츠러들며 공포에 휩싸였다. 만물이 기지개를 편다는 초봄에 서푼짜리 내 어깨가 한없이 가엾어서 눈을 부릅뜨고 광화문광장을 뒤덮은 태극기들을 쳐다보았으나, 내 눈엔 기상 좋게 휘날리고 있는 그 수많은 태극기들이 마치 충성을 맹세하듯이 성조기를 향해 도열하는 자세로 질서정연하게 나부끼는 것이었다.

순간, 시인 김수영의 〈거대한 뿌리〉가 내 가슴에 확고하게 강림했다. '미국놈 좆대강이나 빨아라'는 구절이 목구멍으로 총알처럼 튀어나왔다.

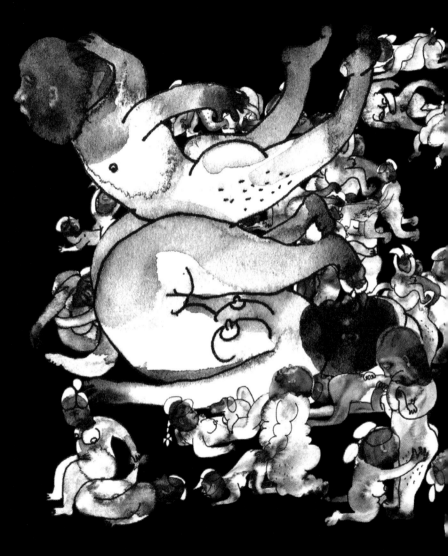

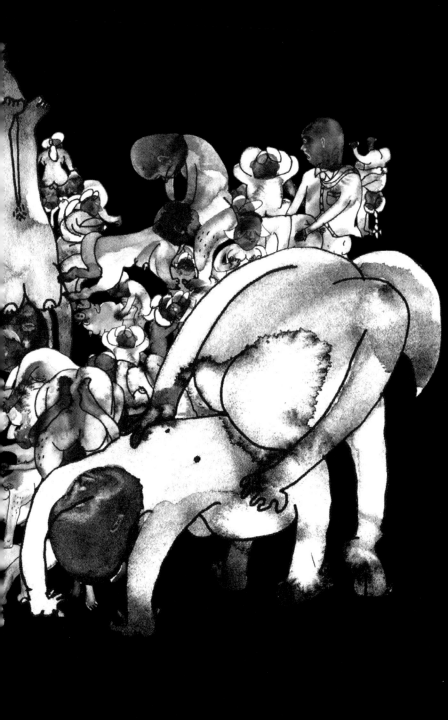

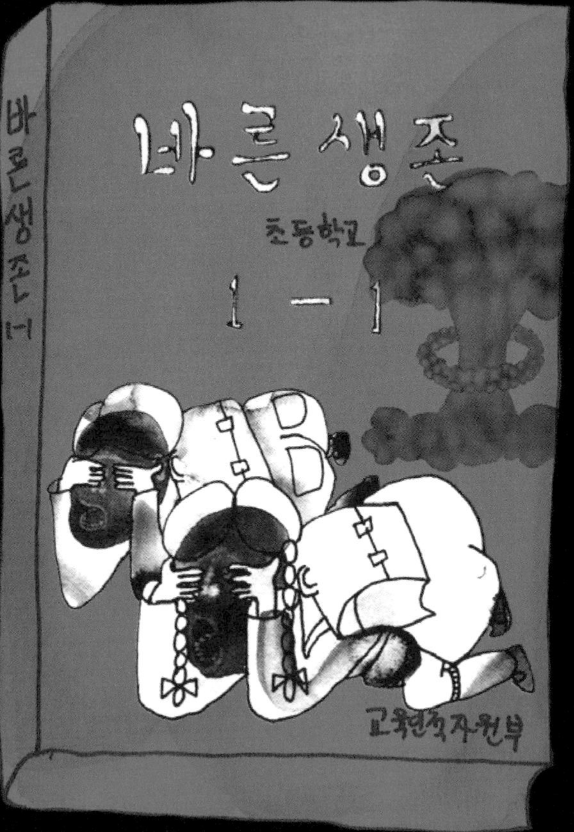
바른 생존
초등학교
1 — 1

다행히도 입은 꽉 다물고 있어서 아무 일도 일어나지 않았지만, 불발된 문장은 마치 고물자동차처럼 시동이 안 걸린 채 부릉부릉하고 있었다.

'우주정거장'에서 체포되지 않기 위해 고개를 숙이고 걸어가는 〈스타워즈〉 속의 주인공처럼 나 역시 그런 이미지에 휩싸여 묵묵히 걸어갔다. 피맛길로 접어들어서야 겨우 그 공포에서 벗어날 수 있었다. 이제 피맛길도 옛모습을 잃었지만 새삼스럽게 피맛골이란 단어가 어떤 깨달음으로 다가왔다. 고관대작이 가마나 말을 타고 행차하는 행렬을 피해 아랫것들이 다니던 이 피맛길이 진정 '거대한 뿌리'였던 건 아닐까?

요강, 앵경, 장죽, 종묘상, 장전, 구리개 약방
신전, 피혁점, 곰보, 애꾸, 애 못낳는 여자,
욕쟁이,
이 모든 우수한 반동이 좋다.
이 땅에 발을 붙이기 위해서는
제3인도교의 물속에 박은 철근기둥도
내가 내 땅에 박는 거대한 뿌리에
비하면 좀벌레의 솜털
내가 내 땅에 박는
거대한 뿌리에 비하면

이 부분은 집에 돌아와 김수영의 〈거대한 뿌리〉를 찾아 보고서 옮겨 적은 것이다. 청년 시절 강렬하게 매료됐던 시, 그러나 고작 기억하고 있는 것이라곤 '아이스크림은 미국놈 좆대강이나 빨아라'와 비숍 여사 어쩌고저쩌고 한 것이 전부인데, 다시 읽어보니 특히 이 대목(아래 인용)은 내 똥구멍에 손을 넣어서 홀라당 뒤집어 까놓고 오장육보를 오천 미터 맥반석 지하수로 확 씻어내는 기분이었다.

비숍 여사와 연애를 하고 있는 동안에는 진보주의자와

사회주의자는 네에미 씹이다 통일도 중립도 개좆이다

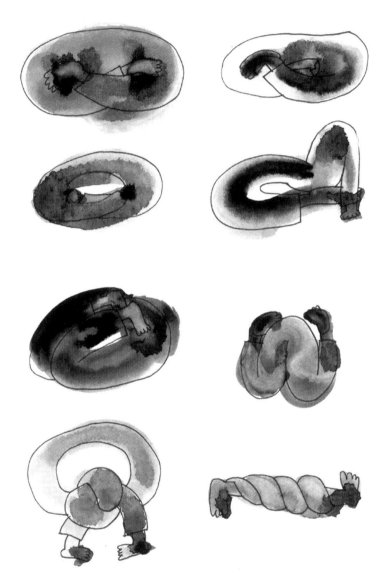

만나기로 한 빈대떡집에 들어가니 돼지비계 냄새가 구수하게 퍼져나왔다. 나도 모르게 피난처에 막 당도한 듯한 환희가 느껴졌다. 사태를 후각으로 판단하는 짐승이 된 모양이다. 우주정거장을 빠져나온 안도감으로 내 피부가, 확대경으로 보면 오백 배는 더 릴랙스하게 벌어져 있었을 게다.

셋이서 돼지기름이 밴 빈대떡을 시켜놓고 각자의 취향에 따라 막걸리와 소주를 마시는데, 나는 내 눈을 의심하지 않을 수 없었다. 한 번도 기억난 적이 없는 〈거대한 뿌리〉의 첫 장면이 눈앞에서 재현되고 있는 걸 발견한 것이다. 부모가 이북 출신인 두 사람과 다르게 나만 한 발을 무릎 위에 올려놓고서 도사린 채 앉아 있지 않은가!

나는 아직도 앉는 법을 모른다
어쩌다 셋이서 술을 마신다 둘은 한 발을 무릎 위에 얹고
도사리지 않는다 나는 어느새 남쪽 식으로
도사리고 앉았다 그럴 때는 이 둘은 반드시
이북 친구들이기 때문에 나는 나의 앉음새를 고친다

게다가 입술을 닭부리처럼 오므려 모이를 쪼아먹듯 촉촉촉 떠들어대고 있는 내 모습이라니. 괴상망측한 내 자세에 아랑곳하지 않고 공주형은 턱을 치켜들며 "그러니까 안 되는 거야." 하면서 부정개표를 주장하는 사람들이 음모론에 휩싸여 있다고 맹비난을 했다.

  "넌 증거들이 한두 개도 아니고 전국적으로 속속 나오는데 어떻게 그렇게 쉽게 음모론으로 단정하는 거지?"

  나는 공주형을 날카롭게 꼬나보며 내가 봐도 우스꽝스럽게 수탉의 공격 자세로 머리가 상대의 가슴에 닿도록 들이밀었다.

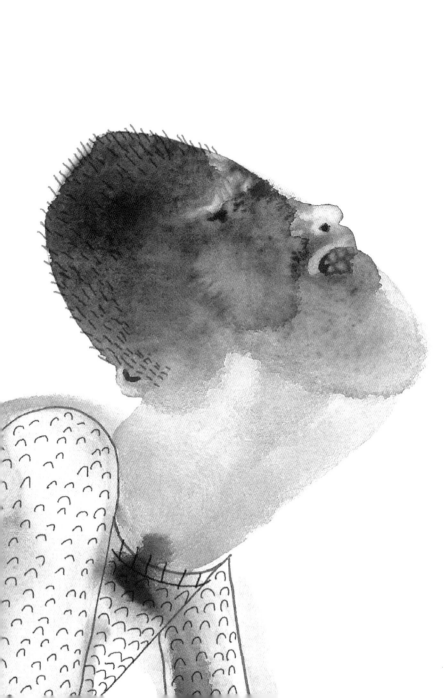

공주형이 엉겁결에 뒤로 물러나면서 기다렸다는 듯이 아주 정색을 하고 훈계조로 말했다.

"봐라. 당사자인 민주당과 문 후보는 왜 조용하겠니? 그리고 보수언론들은 놔두고라도 한겨레나 오마이, 시사인 같은 진보매체들도 부정을 발견하지 못했기 때문에 선거부정 논란이 잘못된 것이라고 하는 거 아니니?"

말의 내용에 맞지 않게 목소리가 터무니없이 매끄러웠다. 그 부조화를 견딜 수 없었다. 격양된 어조가 거칠게 쏟아져 나와야 할 목구멍에서 반질반질 윤기가 나는 쥐가 튀어나온다고 상상해보라.

"아휴, 이놈의 비염 땜에 죽겠네."

출판사 사장인 김병관이 머리를 처박고 코를 스무 번 정도 힝힝 풀어대는 바람에 순간 불편한 심기가 방향을 상실했다. 이 녀석이 적시에 등판해 새로운 그라운드가 펼쳐진 것이다. 나는 가방 속에서 침을 꺼낼까 말까 망설였다. 한심한 버릇인데, 누가 아프기만 하면 곧장 그쪽으로 생각이 뻗치는 것이다.

"은 관장 아니 은 침사, 김 사장 좀 어떻게 해보지?"

육 년 전에 관장질하는 걸 그만두고 이미지 비평 일만 하고 있으니, 내 직업은 현재 엄연히 비평가다. 침술은 취미로 배워서 주위 사람들한테 제법 효과를 보고는 있지만, 공주형이 내가 지금 하는 일을 쏙 빼고서 과거 직업과 취미만을 섞어 버무려 호칭하는 게 영 불쾌하다. '은 관장'도 아니고 '은 침사'도 아니고 '은 비평가'는 더더욱 아니고 언제나 '은 관장 아니 은 침사'라 부르는 데에는 분명히 어떤 저의가 있는 게 틀림없다.

"괜찮아요, 명기 형. 침은 다음에 맞고 오늘은 그냥 술 마십시다앗."

병관이는 내 버릇이 나오는 걸 사전에 차단하려고 막걸리 주전자를 번쩍 들었다. 할로겐 불빛에 번질거리는 뒷목 힘줄이 쇠심처럼 완강하다. 형 동생 하는 사이지만 안 보고 싶어도 그게 안 되는 질긴 인연이 여기서 나오는지도 모르겠다. 공 작가가 사진집을 출판하고 싶다고 해서 재작년에 내가 다리를 놔줬는데, 그 뒤로 둘은 날 공격하기 위해서 잘 지내는 것같이 보인다.

"계속 저러면(부정개표라며 선거결과를 수용하지 않으면) 이미지만 나빠진다구. 중요한 것은 문제의 상상적 해결이 아닌 현실적 해결이야. 수개표 해봐야 결과는 바뀌지 않아. 시간 낭비, 정력 낭비에 다시 맨붕. 그다음엔 보수언론의 파상공세. 지금 그런 거 해야 할 땐가? 패배를 인정하고 원인을 분석하고 대책을 수립하기에도 바쁘잖아? 은 관장 아니 은 침사, 안 그래?"

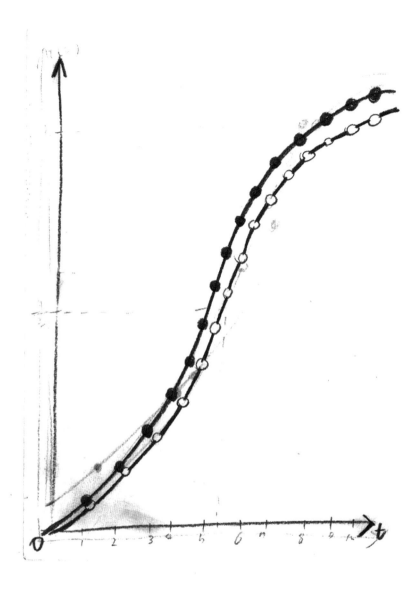

상황과 어울리지 않게 매끄러운 공주형의 목소리가 계속 들려왔다. 귀를 막을 수도 없고 밖으로 뛰쳐나갈 수도 없고 간신히 참아내고 있는데, 그럴수록 내 머릿속에선 매끄러운 로지스틱 함수 곡선이 한층 선명해지는 것이었다.

"공 작가 자네 로지스틱 함수라고……"

로지스틱 함수는 이번 대선의 개표부정과 관련해서 어느 네티즌이 제기해 폭발적인 관심을 일으킨 그래프다. 방송 3사가 투표 완료와 함께 보여준 예상 득표 그래프는 출구조사와 상관없이 사전에 인공적으로 설계한 게 아니고서는 자연현상, 즉 실제 투표에서는 도저히 나타날 수 없다는 것이다. 그 자세한 내용을 여기에 다 전할 순 없으나, 핵심적인 것은 두 후보의 그래프가 마치 어떤 공식에 넣은 것처럼 그려진다는 것, 그 때문에 공중파 방송이 내보낸 그래프가 (실제라면 울퉁불퉁해야 하는데) 아주 매끄럽게 나타난다는 것, 그리고 선거부정에 사용된 그 공식이 로지스틱 함수임을 실시간 데이터에 근거해 찾아냈다는 것 등이다. 나는 야릇한 쾌감을 느끼며 여러 문제제기 중에서 이상하게도 그 '매끄러움' 현상에 꽂혔다.

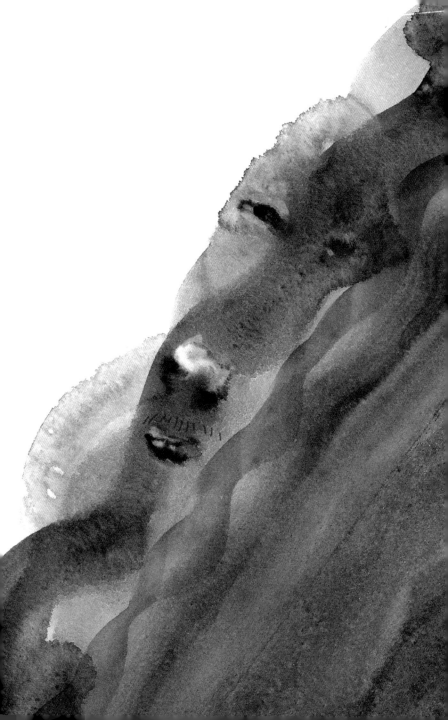

"그게 아주 잘못된 거야."

내가 그 함수 얘기를 꺼내자마자 공주형이 선언하듯이 말했다.

"지금 시대가 어느 시댄데 대통령 선거를 컴퓨터로 조작한다는 게 말이나 되는 소리니? 통계학 전공하는 김 교수 있잖아, 걔한테 들어보니까 로지스틱 함수 가지고 떠드는 게 한마디로 난센스라는 거 아냐."

여전히 나는 괴기스럽게 매끄러운 그의 목소리가 선거부정 그 자체보다 더 고문이었다.

"아니, 난센스까지는 좋은데 그걸 계속 확대재생산하면 의견 개진, 표현의 자유 범위를 넘어 음모론이 돼버리는 거죠. 명기 형 자꾸 이상한 소리 하시네."

공주형은 그렇다 치고 병관이 놈은 또 왜 그러나? 밸이 꼴렸다. 음모가 사람의 생식기 주위에 난 털이란 걸 환기시켜 주고 싶어서 곧장 코털 하나를 쥐어뜯듯 뽑았다.

"병관아, 이게 여기 붙은 게 음모야."

나는 그걸 사타구니에 갖다대며 히히거렸다. 두 녀석이 죽인다며 박장대소를 하고 있는데, 갑자기 내가 고함을 질렀다.

"여하튼 매끄러운 것은 네에미 씹이다. 개─좆이다."

드디어 나는 더 이상 참지 못하고 폭발했다. 둘은 마른하늘에 날벼락 보듯 어안이 벙벙해서 먼저 나를, 이어 서로를 쳐다보았다.

"로지스틱 곡선은 매끄러워도 너무 매끄러워."

어이없게도 목소리까지 개그 흉내를 내고 말았다. 둘은 웃어야 할지 울어야 할지 진퇴양난에 빠진 표정이었다. 나는 스타일을 구겨버린 내 자신에 더욱 화가 치밀어 발악하듯 떠들어댔는데, 결국 단어들은 문법을 이탈해 횡설수설로 이어졌다. (그렇다. 따지고 보면 문법도 매끄러운 게 아닌가. 나는 초지일관 매끄러움에 저항하고 있었던 모양이다.)

기억나는 몇 마디.

　"비포장 도로에는 차선도 없고 신호등도 없단 말야. 그래서 규칙보다 사람이 더 중요하다고 …… 포장도로는 매끄럽잖아. 빌딩 유리도 매끄럽잖아. 비포장 도로는 울퉁불퉁하잖아. 나는 매끄러운 인간이 싫어. 엘리트 젠틀맨들이 세상을 다 말아처먹은 거잖아 …… 이번 선거도 그런 거야. 하여간 그 곡선이 너무나 매끄럽다는 거야 …… 전두환 때 한강변을 시멘트로 발라버려서 보기엔 매끄럽게 좋을지 몰라도 자연생태계는 독살된 거잖아? 한마디로 이번 개표에서 민심을 시멘트로 아주 매끄럽게 발라버린 거라구. 방송 3사 득표예상 그래프가 바로 로지스틱 곡선이라는 거 아냐."

　손님들이 힐끔거렸다. 기차 화통 삶아먹게 목소리도 큰 데다 민감할 수 있는 대선 부정 문제라 이 친구들도 몹시 당황스런 표정으로 주위를 둘러보았다. 나는 기분이 좋아졌다. 포장도로같이 매끄럽고 질서정연한 인간관계의 표면을 곡괭이로 파손해버린 통쾌함이 느껴졌다.

　공주형이 마지못해 기어들어가는 목소리로 대꾸했다.

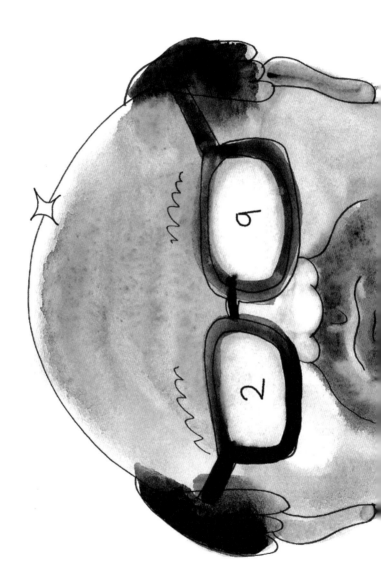

"참 답답하네. 그게 음모론을 만드는 거 아냐. 그리고 은관장 아니 은 침사, 그렇게 확신할 만큼 로지스틱 곡선에 대해 아나?"

"내가 하고 싶은 말이에요. 형, 형한테 이런 엉뚱한 구석이 있는 줄 몰랐네."

"뭐가 엉뚱하다는거야? 나 로지스틱인지 개뼈다귄지 모른다. 이번에 처음 들었어. 사실 내가 그걸 알아야 할 이유도 없잖아. 근데 왜 내가 참지 못하고 이야기하겠나?"

더 얘기하는 건 솔직히 내 능력 밖의 일이다. 냉정히 보면 나한테 로지스틱 함수는 수학, 통계 그런 것과 아무 상관없는, 미국놈 좆대강이나 빠는 아이스크림의 표상인 것이다. 그것은 일종의 '거대한 뿌리'의 억압자인 거고, 그 점 때문에 복합적인 심리구조가 생겨나 내가 로지스틱 함숫지 물류회산지(유통업체 중에 이 비슷한 이름이 있는 것 같다)에 대해 말하면 횡설수설이 되고 만다(선거 이야기 했다가 요강 이야기 했다가 미국놈 이야기 했다가 하는 식으로).

김병관이 또다시 요란하게 코를 풀어댔다. 그 괴로운 소리에 막힌 중치가 풀리듯 갑자기 홀가분해졌다. 소주를 들이켜며 창 밖을 내다보았다. 어둠이 내린 좁은 골목길에 행려병자, 부랑자, 무식쟁이, 몸 파는 여자, 곰보, 애꾸, 날품팔이, 실업자, 막일꾼, 잡부, 비정규직 노동자, 우울증 환자, 조증 환자, 뱀장수, 앵벌이대장, 제비와 꽃뱀, 기둥서방, 오쟁이진 오입쟁이, 앉은뱅이, 무당, 점쟁이, 난봉꾼, 투잡을 뛰는 대리운전기사 들이 다니고 있는 환상에 사로잡혔다.

그런데 실제로 뱀장수가 식당문을 열고 들어온 것이다. 똬리를 튼 흑비단 뱀을 머리에 얹고 금방 아라비안 춤이라도 출 듯이 육중한 몸을 출렁거렸다. 손님들이 일시에 이 사람을 쳐다보았다. 그러나 놀란 것도 잠시, 구닥다리 신파조의 구경거리에 불과한 뱀장수를 접촉 불가민을 대하듯 외면했다. 저걸 재밌어하다간 인격이 저 인간 수준으로 추락하기라도 할 것처럼 모두가 천연덕스럽게 무관심한 표정을 짓고 있었다.

저게 바로 거대한 뿌리야, 라고 소리치고 싶었지만 꿩 대신 닭이라고 술잔을 세차게 내리쳤다. 그러고 나서 하고싶은 말을 할 능력이 없는 나는 벌떡 일어나 **"김수영 만세, 김일성 만세"**라고 외쳤다.

아, 이번에는 상황이 완전히 달라졌다. 식당에 있는 사람들이 모두 눈에 시퍼런 불을 켜고 나를 잡아먹을 듯이 노려보고 있는 것이었다. 나는 이 화형식의 불길에 대항하기 위해 김일성 만세를 두 번 더 외쳤다. 김병관이 외마디를 질렀다.

"형 왜 그래? 미쳤어?"

이 순간 공주형은 서부의 건맨처럼 순식간에 카메라를 꺼내 나를 찍기 시작했다.

"그래, 나 미쳤다. 니들은 안 미쳐서 좋겠다. 김수영 시인이 안 미쳤으면 〈김일성 만세〉라는 시를 썼겠냐. 이 호랑말코 같은 새끼들아."

나는 손가락을 대창처럼 꼿꼿이 세워 나를 화형시키려는 무지한 인간들의 눈을 겨냥했다. 바로 그때 뜻밖의 사태가 벌어졌다.

뱀장수가 헤헤거리며 번쩍 두 팔을 들고 **"김일성 만세"**를 외치는 것이었다. 설상가상으로 머리 위에 있는 흑비단 뱀이 깜짝 놀랐다는 듯 혀를 날름거리며 허리를 곧추 들어올렸다. 뱀장수 역시 당장 화형대에 올라갈 일이었지만 그 꼴이 공포스러우면서도 웃겨서 식당 안에 있는 사람들이 어쩔 줄 몰라 하면서 깔깔거렸다.

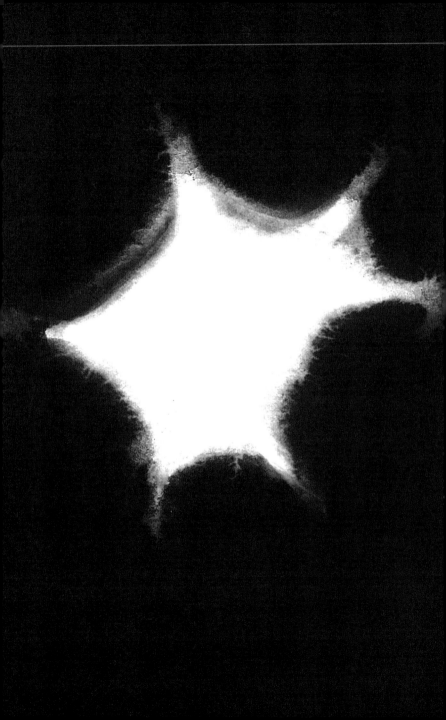

나는 정신이 번쩍 들었다. 나도 나지만 저 인간이 어떻게 될까봐 걱정스러웠다. 누가 신고라도 하는 날에는. 그러니까 벌써 30여 년 전이다. 멸구 때문에 농사를 망친 중늙은이가 홧김에 술 먹고 이놈의 세상 망해나 버리라고 악썼다가 장장 15년형을 받은 걸 기억하고 있다. 당시 나는 이 사람의 항소이유서를 대필해주었다. 1.5평 사방에 갇혀 지냈던 동거인으로서.

지금 뱀장수한테 그 농투성이가 투사되고 있는 것이다. 뱀장수는 자신이 구경거리가 된 게 즐거운지 기가 살아나 다시 한 번 "김일성 만세"를 외치며, 마치 무개차에 탄 외빈이 도열한 시민들을 향해 답례를 하듯 가볍게 손까지 흔들어댔다. 여기저기서 박장대소가 터져나왔다. 나는 안도의 한숨이 쉬어졌다.

별안간 식당이 난장판이 돼버리자 주인은 험악한 얼굴로 뱀장수한테 다가갔다. 서로 옥신각신하는데 뱀장수가 어깃장 놓는 심보로 손에 들고 있는 고물 녹음기를 확 켜자, 김정구의 '눈물 젖은 두만강'이 귀가 떨어져나가게 고성으로 흘러나왔다. 나는 속으로 쾌재를 불렀다. 모든 것을 압도하는 이 거대한 물결. 이 울퉁불퉁함. 껍데기는 가라. 모든 매끄러운 것들은 가라.

"완전 또라이구먼!"

김병관이 소리쳤다.

"형이 사달이야. 정신이 있어, 없어? 아니, 정식으로 물어봅시다. 종북이에요?"

공 작가 역시 눈꼬리를 치켜세우며 따졌다.

"은 관장 아니 은 침사, 사람이 원래 그런 거야, 변한 거야?"

그 와중에도 매끄러운 목소리는 여전했고 습관적으로 카메라를 만지작거리다 가방에 넣는데, 매끄러운 뱀이 들어가듯 아주 유연하게 미끄러져 들어갔다. 불현듯 그 동작이 나에겐 로지스틱 곡선으로 보였다. 나도 정상적인 정신상태가 아닌 게 분명했다.

나는 심각한 아이러니를 느꼈다. 같은 뱀인데 이렇게 다를 수 있을까? 하나는 실체고 하나는 이미지이기 때문일까? 공 작가가 사진 찍는 모습이 떠올랐다. 나는 이미지 전문가로서 작가의 촬영 위치, 즉 작가가 피사체를 어떻게 대하는가를 중시한다. 러시아 아방가르드 작가 알렉산더 로드첸코는 피사체를 밑에서 위로 올려다보고 촬영함으로써 대상에 대한 경탄과 존경심을 드러냈다. 공주형은 정반대의 위치에서 촬영한 것이다. 마치 목사가 강대상에서 설교하듯이, 아니면 훌륭한 공중도덕과(科) 시민이 지나가는 길에 난동자를 채증하듯이, 아니면 비숍 여사가 조선의 무지랭이들을 바라보듯이. 그렇다. 공주형은 자기가 무엇을 찍었는지 모를 것이다. 지금, 2013년 4월 4일 새벽 4시. (공교롭게도 4가 세 번 겹치니 좋은 건가?)

"공 작가, 근데 오늘 술값은 누가 내는 거야?"

도발적인 질문에 공주형은 잠시 안색이 흐려지더니 혀를 차면서 말했다.

"갑자기 술값 가지고 왜 그러시나. 오늘 은 관장 아니 은 침사 좀 이상하네. 속에 있는 뭔가가 터져나오는 모양이지? 김 사장, 이게 다 대선 패배의 후유증이지 뭐야. 안 그래?"

그게 무슨 소리야? 씨발, 하는 반발심 한켠으로, 괜한 소리를 했구나 싶은 마음에 내일 정신과에라도 가야 할 것 같은 후회의 감정이 밀물처럼 밀려들었다.

그 밀물…… 괭이갈매기들이 까악거리는 강화도 바닷가, 거기 초소에서 보초를 서고 있는 내 아들이 그 밀물에 쓸려 떠올랐다. 그 녀석이 천만다행으로 불안한 이 시국에 무사히 제대를 했으니 그냥 가만히 있자. 안 그러면 쥐뿔도 아닌 주제에 무슨 행동을 할 수 있겠어? 대한민국 국민들은 전쟁에 대해 아무런 의사권을 갖고 있지 않다. 그걸 잘 알면서 왜 울분을 주체하지 못하는 거냐? 네가 친구라고 술 먹고 있는 이 애들부터 너를 종북으로 의심하잖아, 이 바보야.

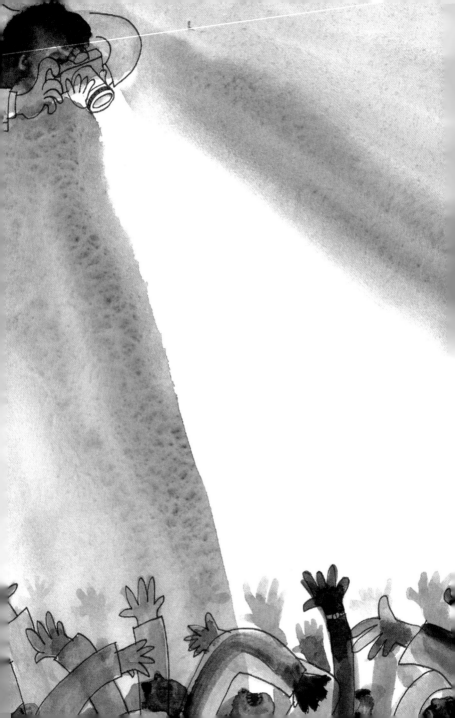

지난 공 작가 개인전(〈백색 공포〉, 삼성 백혈병 사태를 다루었다) 때 오프닝 자리에서 그가 한 말이 생각난다. 우리 모두는 국가 이익을 위해 정의에 눈감고 있다고. 여기까지는 아주 좋았다. 그런데 실망을 느낀 건 공주형이 하늘에서 내려다보는 눈(바티칸궁 파올리나 예배당 천장에 그려진 미켈란젤로의 그림 〈사울의 회심〉에 나오는)을 하고서 이렇게 말했을 때였다 — "정의가 사회의 상식이 될 때 우리나라가 선진국이 될 수 있다……."

  니기미. 어떻게 정의가 사회의 상식이 될 수 있나? 또 선진국은 무언가? 유럽과 일본과 미국이 선진국이라면 프랑스가 알제리에 대해, 영국이 인도에 대해, 일본이 한국에 대해, 미국이 인디언과 베트남에 대해 저지른 만행을 사과 한 마디 하지 않는데 그게 정의라고?

  이 친구야, 헛물켜지 마. 그건 네가 비숍 여사와 연애 중이라서 모르는 것뿐이라고.

천안함, 연평도 사건 때 해병대에 가 있는 아들놈 때문에 가슴 조렸던 걸 생각하면……

난 그때 전쟁 일촉즉발의 순간인데도 전쟁 반대의 목소리를 단 한 명도 내지 않는 국회, 정당, 사회단체, 언론, 지식인들에 대해, 특히 국회가 전쟁 불사를 전원 일치로 합의한 것에 대해 이 나라는 완전히 악귀에 씌었다고 확신했다.

이런 상황에서 대선 패배를 맞아 좆 잡고 반성하는 것 말고는 모든 게 음모론이라고 흥분하는 공주형의 '정의'가 가소로울 뿐이다. 과연 특전사 옷을 자랑스럽게 걸치고 나온 민주당 후보가 전쟁에 대한 의사권이 있기나 한지 '정의'의 입장에서 묻고 싶다.

전쟁이 일어나면 당장 누가 희생되는가? 제일 먼저 내 아들이 죽는다. 국민의 한 사람인 내가, 그 국가인 대한민국의 이름으로 내 아들을 죽이는 존속살해가 일어나는 것이다. 정의 같은 소리 하지 말고 '김일성 만세'를 부르는 걸 허용하는 것이 차라리 상식이어야 나는 내 아들을 살리기 위해 헌법에 보장된 표현의 자유를 행사할 수 있다. 그런데 대관절 어느 세월에 그게 상식이 될 수 있을까?

내 아들, 내 가족이 죽고 나서 설령 그게 상식이 된다 한들 뭐하나? 그런 상식은 정말 개좆 같은 것이다. 사람들은 〈남영동 1985〉를 관람하면서 지난 독재정권에 분노하지만 정작 김근태, 박종철 같은 민주투사들이 '국가보안법' 때문에 그렇게 처참하게 당했다는 사실은 보려 하지 않는다. 이러한 것이 상식적인 눈이라면 '김일성 만세'도 똑같은 운명이 될 게 불을 보듯 훤하다.

공주형의 말처럼 정의가 사회의 상식이 되면, 그 사회에선 정의가 영원히 실종돼 버리는 것이 아닐까? 상식이란 공동체의 고정관념일 뿐이다. 게다가 공 작가는 예술가다. 예술가의 눈은 개별적이어야 한다. 사물을 일반적으로 보는 상식의 눈과 다르게. 그렇지 않으면 예술가가 아니라 불가피하게 권력가가 될 수밖에 없다. 늘 상식의 이름으로 정의를 외치면서 진보 예술가로 자리매김하는 공 작가의 그 상업성, 그 마케팅이 진절머리 나게 싫다. 내 청각 기능의 특수성 때문이겠지만 그게 특히 그의 매끄러운 목소리에서 실제보다 과장되게 느껴지는 것이다.

"공 작가는 정신적으로 별 문제가 없나?"

아, 빌어먹을. 나는 억제가 되지 않았다. 게다가 취하지도 않는데 놀랍게도 혀까지 꼬부라져서 말이 나온 것이었다.

"솔직히 내가 이 정신에 문제가 많이 있어. 그렇게 보이지 않나?"

나는 머리뼈를 손가락으로 찍어대며 눈을 부릅떴다.

"근데 니들 둘도 비슷해. 대선 후유증 때문에 술값 따윈 상관없다는 건 이상한 일이지."

절대로 말하지 말라고 뇌에서 명령을 내린 것만 마치 악마의 조정이라도 받듯이 입 밖으로 튀어나왔다. 당장에라도 침을 꺼내서 정신 관련 혈인 내관, 사신총, 후계, 태충 따위에 꽂아놓고 싶었다.

공 작가가 술값 얘기에 가타부타 말은 꺼내지 않았지만, "하여튼 오늘 이상하네. 평소같지 않게 이렇게 빨리 취하나? 그만 일어나는 게 좋겠는데." 하며 몹시 불쾌한 얼굴로 윗옷 속 호주머니를 뒤졌다.

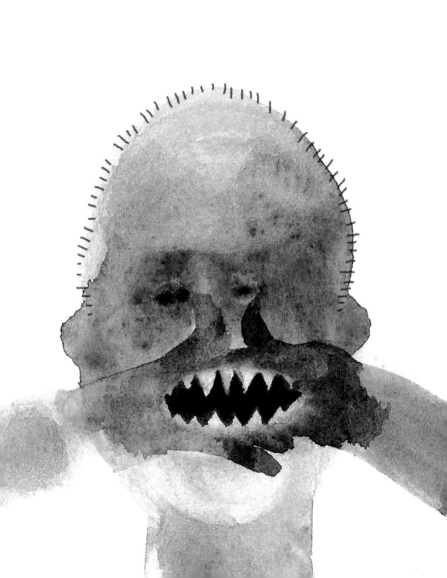

"취한 게 아니라 뭐에 씐 것 같애. 형 정말 왜 그래요?"

김 사장이 말끝에 또 종북을 들먹였다. 그러자 공주형은 물 만난 고기랄까, 홧김에 서방질한달까 본격적으로 북한체제 비난에 들어갔다.

그런데 놀라운 건 내 의지가 그제야 비로소 발동이 되었다는 사실이다. 삼가야 할 말은 삼가고, 아니 꾹 참고, 아니 일체 무대응으로 일관했다는 편이 맞겠다. 속으로는 계속 '김일성 만세'를 외쳐대면서 이젠 그걸 입 밖으로 말하지 않았다. 파블로프가 실험한 개처럼 조건반사를 시작한 것이다. 이게 정말 무섭고 중요하다. 내 조건반사는 정확히 빨갱이, 종북과 연결되어 일어났다. 좀 전엔 '김일성 만세'가 언론의 자유와 관련됐는데, 이젠 내 대뇌피질에 공포가 엄습해 모든 걸 초토화해버렸다. 그럼에도 불구하고, 그 괴상한 구호를 외쳐대면서 내가 종북인가 쉴새없이 묻고, 그리고 또 끝없이 나는 종북이 아니라고 자동응답기처럼 답하고 있는 내 모습이 타오르는 저 동방의 해처럼 지금도 찬란하다.

한편으로 나는 그런 나를 비웃고 있었다. 벌받는 사람처럼 술잔 앞에 고개를 숙인 채 이렇게 푸념하면서. 이게 무슨 꼴인가? 왜 내가 나를 자체검열하고 있는 거지? 왜 내가 이런 좆도 아닌 훈화를 듣고 있어야 하지? 종북이 도대체 뭔데? 어떤 놈이 종북이란 말을 만들었어? 이 개자식들아, 대대로 종북 붙어먹고 살아라. 정말 소원이다. 대대로 아주 만고강산 될 때까지 종북 붙어먹고 살아, 개새끼들. 아, 개야, 미안하다.

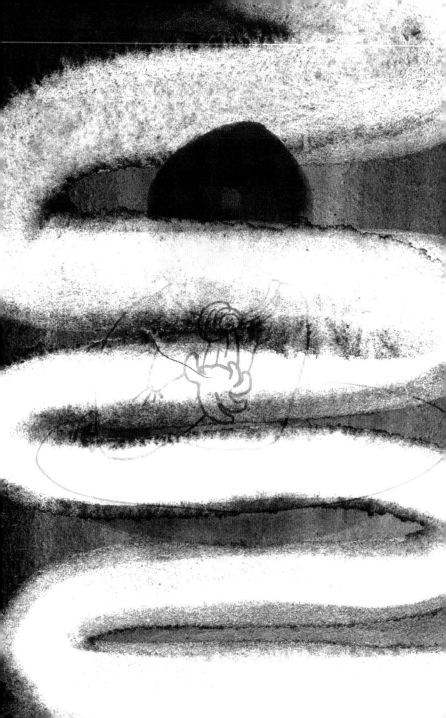

하필 그때 뱀장수의 퍼포먼스가 절정을 향해 치닫고 있어서 공주형의 반북 교육이 더 지속될 수 없게 되었다.

　예컨대, 교장선생님 훈화 도중에 "엿 사세요, 엿 사세요." 하고 학교 담 너머로 엿장수가 지나갈 때처럼, 뱀장수가 머리 위에서 흑비단 뱀을 끌어내려 자신의 온몸을 오르내리게 하고 있었다. 놀라는 소리들이 터져나왔다. 여자들은 비명을 지르며 숨으려는 건지 달려들려는 건지 알 수 없는 동작을 취했다. 완전히 흐름을 탄 뱀장수가 자신의 고물 녹음기에서 흘러나오는(잘 있거라 나는 간다 이별의 말도 없이~ 하는) '대전 부르스'의 리듬에 맞춰 건들건들 몸을 흔들며 나를 향해 다가왔다.

이 괴물이 왜 나한테 오는 거지. 아, 머리카락이 쭈뼛 곤두섰다. 그런데 아주 뜻밖에 이자한테서 오아시스 도시 카쉬가르의 농군병사가 떠올랐다. 비가 오면 진흙으로 만든 지붕이 흘러내릴까봐 독립을 위한 전쟁터에서 그냥 집으로 돌아가버렸다는 그 병사들. 작년에 국립중앙박물관에서 전시했던(나도 그 전시기획에 참여했었다) 중앙아시아 근대 사진 속에 나오는 사람들이다. 그때도 구한말 의병들 사진과 교차되었다.

현관문이 부서지지 않은 게 다행일 만큼 요란하게 열리더니 경찰들이 들이닥쳤다. 나는 구세주를 만난 듯 안도의 한숨을 내쉬었다. 경찰들 중 두 명이 총을 빼들고 뱀장수를 위협했다. 뱀장수는 팔을 번쩍 들어올리고는 온몸을 사시나무처럼 떠는 것 같았는데 급기야 눈알을 부라리면서, 니기미

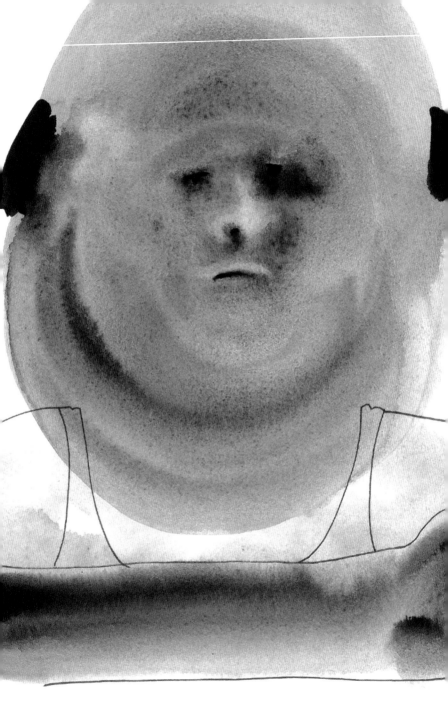

씨발 호랑말코 같은 놈의 새끼들이
개지랄을 떠는 거이야 뭐이야, 하며
고래고래 악을 썼다. 경찰들은 이자
가 강력하게 저항하는 것으로 받아들
여 계속 고성을 지르거나 움직이면 발사하겠다고 위협했다.

　그때, 나는 나도 모르게 경찰들을 향해 걸어갔다. 갑작스
런 내 행동 때문에 모든 시선이 나에게로 집중되고, 경찰들
이 당황했다. 그사이에 뱀장수가 손가락으로 나를 가리키며,
저놈이 김일성 만세를 부른 나쁜 새끼라고 소리쳤다. 그러더
니만 마치 사냥개를 풀어서 "물어, 물어!" 하듯이 흑배암을
내게 던지며 쉭쉭 하는데, 이자의 눈에서 조증 환자한테서나
보이는 황홀한 설렘 같은 게 물결치고 있었다.

　민중의 지팡이를 자처하는 경찰집단의 일원인 경관은 나
를 향한 것인지 흑뱀을 향한 것인지 알 수 없게
총구를 겨누었다.

그 뒤로 내가 어떻게 행동했는지 알 수 없다. 무의식적인 행동이란 말이 맞을지 모르겠는데 딱히 그런것도 아닌 것 같다. 왜냐면 내가 식탁 위로 뛰어올라가 대한민국 만세를 삼 창이나 한 것은 또렷이 기억나는 장면인데 명백히 의도적인 행동이었기 때문이다.

사실 모든 중요한 장면은 공주형의 카메라에 고스란히 담겨 있다. 경찰서에서 공주형은 내가 김일성 만세를 부른 것과 대한민국 만세를 부른 것 중 후자가 진심이며 전자는 인용의 차원이었다고 나를 두둔했다. 왜 하필이면 그런 인용을 했느냐는 질문엔 대한민국이 자유민주주의 국가라는 것을 강조하기 위해서였다고 증언했다.

물론 나는 묵비권을 행사했다. 뱀장수는 조사를 받는 내내 나를 빨갱이라며 욕했다. 경찰이 그럼 너는 왜 빨갱이를 따라서 김일성 만세를 외쳤느냐는 질문에 태연하게 재밌어서 그랬다고 대답했다. 경찰은 그게 뭐가 재밌냐며 이상한 새끼라고 그의 머리를 쥐어박았다. 흑비단 뱀이 똬리를 틀고 앉아 있어야 할 그의 머리가 하얗게 비어 있었다. 뱀은 주인을 따라서 피의자가 앉는 의자 위에 얌전히 앉아 있었다.

흑비단 뱀이 내 몸을 휘감았던 기억이 있다. 한 편의 꿈을 꾼 것 같다. 정신이 까마득해지면서 내 몸 위를 미끄러지는 흑비단 뱀의 피부가 얼마나 매끄러운지 숨을 쉴 수 없었다. 끈적끈적한 점액을 분비하며 기어가는 생물 앞에서 철근 기둥들이 툭툭 절단돼 나갔다. 내가 아마도 한강에 박혀 있는 철근 기둥들에 갇혀 있었던 모양이다. 흑비단 뱀은 괴기 영화에나 나올 법한, 땅속에 거대한 뿌리를 박고 닥치는 대로 지상의 인공물을 파괴하며 기어다니는, 상상을 초월하는 괴물이었다.

이것은 물론 환상이지만 그렇다고 내 정신이 아닌 상태에서 보고 경험한 것이라고 말할 수는 없다. 흑비단 뱀이 나에게 부린 마술, 그 환상의 마술을 실제로 체험했으니까. 마치 장자가 꿈에 나비가 되어 날아다니다가 깨어나 생각해보니 자기가 나비였는지 나비가 자기였는지 알 수 없다는 이야기와 같다.

나는 내일 경찰서에 출두해 다시 한 번 묵비권을 행사해야 한다. 내가 묵비권을 행사하는 건 수사관 앞에서 무슨 사실을 말한다는 게 코미디이기 때문이다. 당신 왜 김일성 만세라고 불렀어? 하면 뭐라고 말해야 하는가? 김수영 시인의 시를 낭송했소, 라고 해야 하는가. 수사관이 원하는 건 딱 한 가지, 종북 혐의가 있느냐 없느냐인데 거기다 대고 문학을 이야기하고 자유와 기본권을 말해 무엇하나.

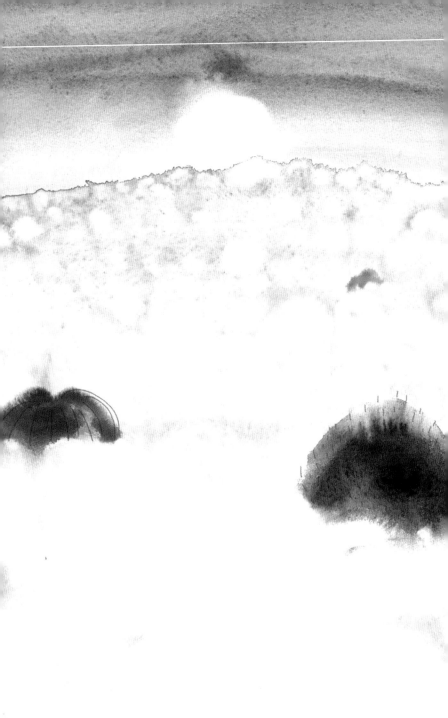

그런데 나를 구출하기 위해 수사관을 상대로 열을 다해 변호하는 공주형에게 존경을 표하지 않을 수 없었다. 김일성 만세를 부른 것은 큰 죄지만 시의 세계란 것이 있다, 김수영 시인은 교과서에 실려 있는 한국 대표 시인이지 않은가, 더구나 좌파로도 분류되지 않은 시인으로 안다, 은명기 비평가(이때 처음으로 '은 관장 아니 은 평사'라고 하지 않았다) 저 친구는 이미지 비평을 하는 게 직업인 까닭에 감성이 예민하다, 물론 문학과 예술의 마인드에서 나온 행동이지만 국민 정서를 생각해서 삼갈 것은 삼가야 하는 게 맞다, 술도 거나하게 마신 걸 감안하면 충분히 이해가 되지 않느냐 등등의 말을 해가며.

경찰서를 빠져나오면서 새벽 하늘을 올려다보던 눈길을 돌려 나는 물끄러미 그의 얼굴을 쳐다봤다. 공주형의 입에서 의외의 말이 쏟아져나왔다.

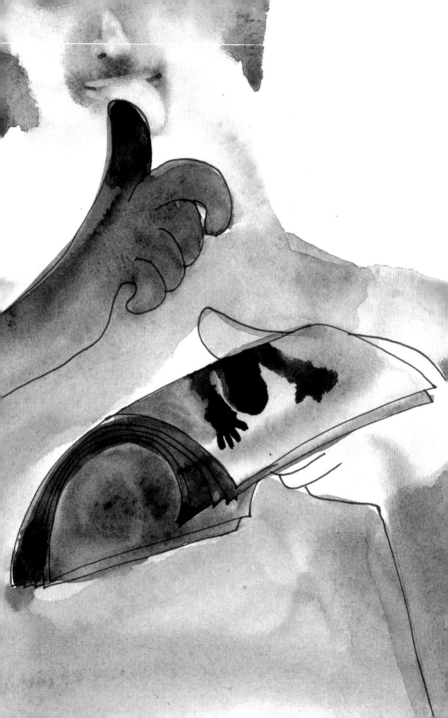

"그 뱀장수 말야, 정말 필이 좋아. 걔 완전 작품이던데. 국보법으로 들어가는 날엔 초대박이고. 은 관장 아니 은 침사 자네도 죽여주던걸. 김일성 만세 부를 땐, 어휴, 그 긴장감이 연출로는 불가능해, 도저히. 이번 건 그야말로 메이킹 없는 순수한 테이킹, 스트레이트 사진의 정수야."

그의 얼굴은 몹시 상기돼 있었다. 대어를 낚은 것에 대해 쾌재를 부르고 있는 것이었다. 나는 속으로 '종북이라고 훈계할 땐 언제고 누구 맘대로. 초상권은?' 하고 단말마적으로 묻고 있었다.

"문제작이 되겠어."

"어떤 문제작?"

몹시 불쾌한 나머지 목소리가 퉁명스러울 수밖에 없었다. 이번에도 흥분한 사람답지 않은 공주형의 매끄러운 목소리에 더 화가 치민 건지도 모른다.

"명기 형은 공 작가님한테 여러 가지로 감사해야 할 것 같네."

병관이가 엿장수 맘대로 사태를 판정했다.

"그리고 공 작가님, 이번 거 잘해 가지고 뉴욕 전시 할 수 있지 않겠어요?"

네가 끼어들 자리가 아니야, 하는 말이 입 밖까지 나오는 걸 간신히 참고서 두 사람을 번갈아 쳐다보았다. 공 작가는 뉴욕 전시란 말에 귀가 솔깃해 막 그쪽 이야기를 끄집어낸 참이었다. 내 표정이 어찌나 얼음장처럼 냉랭했는지 공 작가는 가시에 찔린 표정이고, 김 사장은 무안해 어쩔 줄 모르는 얼굴이 되었다.

"어떤 문제작?"

다시 한 번 물었다.

공주형은 이번에도 매끄러운 목소리로 무어라 대답했다. 하필이면 밑살 주변에 돈벌레가 스멀거리는 느낌이었다. 반사적으로 항문을 움켜쥐었다. 다행히도 두 친구는 자기들 세계에 취해 내 볼썽사나운 꼴을 보지 못했다. 나 역시 혐오감 때문에 아무 이야기도 들어오지 않았다.

귓가에 윙윙거리는 비인간적인 소리들. 다시 우주정거장에 온 것이다. 고개를 숙이고 나는 묵묵히 서둘러 걸어갔다.

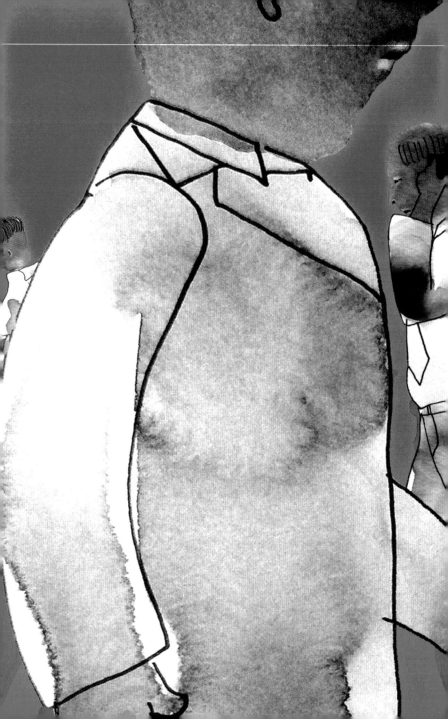

거대한 뿌리

김수영

나는 아직도 앉는 법을 모른다
어쩌다 셋이서 술을 마신다 둘은 한 발을 무릎 위에 얹고
도사리지 않는다 나는 어느새 남쪽 식으로
도사리고 앉았다 그럴 때는 이 둘은 반드시
이북 친구들이기 때문에 나는 나의 앉음새를 고친다
8 · 15 후에 김병욱이란 시인은 두 발을 뒤로 꼬고
언제나 일본여자처럼 앉아서 변론을 일삼았지만
그는 일본대학에 다니면서 4년 동안을 제철회사에서
노동을 한 강자다

나는 이사벨 버드 비숍 여사와 연애하고 있다 그녀는
1893년 조선을 처음 방문한 영국왕립지학협회 회원이다
그녀는 인경전의 종소리가 울리면 장안의
남자들이 모조리 사라지고 갑자기 부녀자의 세계로
화하는 극적인 서울을 보았다 이 아름다운 시간에는
남자로서 거리를 무단통행할 수 있는 것은 고군군,
내시, 외국인 종놈, 관리들뿐이었다 그리고
심야에는 여자는 사라지고 남자가 다시 오입을 하러
활보하고 나선다고 이런 기이한 관습을 가진 나라를
세계 다른 곳에서는 본 일이 없다고
천하를 호령한 민비는 한 번도 장안 외출을 하지 못했다고……

전통은 아무리 더러운 전통이라도 좋다 나는 광화문
네거리에서 시구문의 진창을 연상하고 인환네
처갓집 옆의 지금은 매립한 개울에서 아낙네들이

양잿물 솥에 불을 지피며 빨래하던 시절을 생각하고
이 우울한 시대를 파라다이스처럼 생각한다
버드 비숍 여사를 안 뒤부터는 썩어빠진 대한민국이
괴롭지 않다 오히려 황송하다 역사는 아무리
더러운 역사라도 좋다
진창은 아무리 더러운 진창이라도 좋다
나에게 놋주발보다도 더 쨍쨍 울리는 추억이
있는 한 인간은 영원하고 사랑도 그렇다

비숍 여사와 연애를 하고 있는 동안에는 진보주의자와
사회주의자는 네에미 씹이다 통일도 중립도 개좆이다
은밀도 심오도 학구도 체면도 인습도 치안국
으로 가라 동양척식회사, 일본영사관, 대한민국 관리,
아이스크림은 미국놈 좆대강이나 빨아라 그러나
요강, 망건, 장죽, 종묘상, 장전, 구리개 약방, 신전,
피혁점, 곰보, 애꾸, 애 못 낳는 여자, 무식쟁이,
이 모든 무수한 반동이 좋다
이 땅에 발을 붙이기 위해서는
—제3인도교의 물속에 박은 철근 기둥도 내가 내 땅에
박는 거대한 뿌리에 비하면 좀벌레의 솜털
내가 내 땅에 박는 거대한 뿌리에 비하면

괴기영화의 맘모스를 연상시키는
까치도 까마귀도 응접을 못하는 시꺼먼 가지를 가진
나도 감히 상상을 못하는 거대한 뿌리에 비하면……

김일성 만세

김수영

'김일성 만세'
한국의 언론자유의 출발은 이것을
인정하는 데 있는데

이것만 인정하면 되는데

이것을 인정하지 않는 것이 한국
언론의 자유라고 조지훈이란
시인이 우겨대니

나는 잠이 올 수밖에

'김일성 만세'
한국의 언론자유의 출발은 이것을
인정하는 데 있는데

이것만 인정하면 되는데

이것을 인정하지 않는 것이 한국
정치의 자유라고 장면이란
관리가 우겨대니

나는 잠을 깰 수밖에

발문

까진 사람들의 비명

공선옥(소설가)

김영종의 소설, '거대한 뿌리, 그리고 김일성 만세'를 단숨에 읽었다. 그리고 두 번째는 천천히 읽었다. 처음에는 너무나 재밌어서. 두 번째는 너무 재밌어 할 수만은 없어서. 이 소설은 박근혜 정권이 한창 잘 나가던 2013년 12월 19일에 나왔다. 그날은 바로 박근혜가 대통령으로 당선(?)된 지 1년이 된 때다.

나 같으면 무서워서 못 냈을 소설을 김영종은 앞뒤 볼 것 없이 내질러버렸다. "요강, 망건, 장죽 종묘상, 장전, 구리개약방, 신점, 피혁점, 곰보, 애꾸, 애 못 낳는 여자, 무식쟁이"같이 '반동'적으로다가. 작가는 결코 얌전한 자들이 못 된다. 얌전은 개나 물어가라, 할 사람들이다. 시쳇말로 발랑 까진 사람들이다. 그리고 작가 김영종이야말로 까진 사람의 대표선수로 등극해도 손색이 없어 보인다. 소설 속에서 작가의 분신으로 짐작되는 은명기를 보라. 그야말로 말이 안 되는 시대에 까지지 않고는 살아갈 방법을 알지 못하는 사람의 한 전형이 아닌가.

박근혜 정권은 역사상 가장 '얼척(어처구니)없는' 정권으로 기록될 것이다. 대통령이 될 수 없는 사람이 4년씩이나 대통령 행세를 했다. 그러나 소설에도 나오듯이, 그때 사람들은 '이왕 대통령이 되었는데, 뭘 어쩌겠는가'의 이상한 '와꾸'에 갇혀서 도통 빠져나올 생각을 못했다. 지금 와 생각해보면 그 또한 얼척없기는 마찬가지다. 제1야당(민주당)은 '대선 불복'하는 것이냐는, 그 당시 여당의 느자구 없는 삿대질 앞에서 맥을 못췄다.

바로 그때 이 소설이 나왔다. 그때란, 언론자유의 출발이 '김일성 만세'을 인정하는 데 있는데 그것을 인정하지 않는 것이 언론의 자유라고 우겨댄 시인, 관리들의 시대와 흡사하다. 그런 어처구니없는 우격다짐 앞에서 잠을 잘 수밖에 없다고 말했던 시인 김수영(김수영 시, 김일성 만세)도, 소설 속 은명기도, 그리고 작가 김영종도 '말도 아니고 막걸리도 아닌' 시대를 적당히 점잔이나 피우며 살아갈 수 없는 사람들임이 분명하다. 언제나 그런 사람들이 있다. 김수영의 시대에는 김수영이, 그리고 지금 김영종의 시대에는 김영종이 있다. 그래서 시 김일성만세와 소설 김일성만세는 까지지 않고는 배길 수 없는 자들의 비명이다.

그렇게 까진 사람들이 있어서 얼마나 다행이냐. 그 사람들에 의지해서, 나는 지금 소심하게나마 남북, 북미 정상회담에 기대어 '김정은 파이팅'을 외쳐본다.

개정판을 내면서
소설 속 '혹비단 뱀'도 때를 알고 꿈틀거리는 걸까?

한국인은 누구나 분단으로 인한 신체적 혹은 정신적 장애를 가지고 있다. 이 소설은 그것에 관한 일종의 증상보고서다. 분단병病이 뼛속까지 스며있는 등장인물 각각의 행동은 내가 일상에서 경험하고 분노한 것들이다.

시인 김수영은 '김일성 만세'를 외치는 것이 아무렇지도 않을 '언론 자유'의 그날을 고대했다. 「김일성 만세」는 4·19 직후 쓴 시다. 동아일보와 경향신문에 보냈지만 발표되지 못했다. 58년이 지난 오늘에서야 그날이 온 것이다. 하지만 시 속 만세구호를 넘어 자유롭게, 장난스럽게라도 '김일성 만세'를 부를 수 있는가는 아직도 불안하다.

초판이 출간된 2013년 12월 19일은 박근혜가 대통령에 당선된 지 1주년 되는 날이었다. '부정선거' 문제로 정권의 정통성이 최대 위기에 처했고 '종북몰이'도 극심했다. 초현실주의의 자동기술법自動記述法처럼 이 둘의 자동-관련성은 소설 속 모든 인물들에게 공통 증상으로 나타난다.

독재자 박정희의 딸이 대통령이던 당시, 이 원고가 순조롭게 책으로 나오기 힘들지도 모른다고 예상했다. 아니나 다를까 ISBN까지도 관계부처와 다투지 않고는 발급받기가 힘들었다. 출판사 대표이자 디자이너인 김영철은 처음부터 이 점을 염두에 두고서 대중 판매용이 아닌 소장용 아트북으로 발간할 것을 제안했다.

'북아트'는 문학과 미술이 결합한 형태다. 금기에 맞서서 이런 획기적인 발상을 한 그의 손길 덕분에 아름다운 책이 세상에 나왔다. 새삼 감사드린다. 이 책에 아트작업을 한 정승훈 일러스트레이터에게도 공식적인 자리로는 처음으로 심심한 사의를 표한다.

출간이 되고서 예술애호가들이 알음알음으로 구입했다. 그마저도 시간이 갈수록 가뭄에 콩 나듯 찾았다. 그런데 최근엔 구입 문의가 내 귀에 들려온다. 지금 서점에서 팔지 않을 것이니 출판사 재고 남은 걸 알아보겠다고만 했다.

느닷없이 고목에 움트는 듯한 이런 징조로 인해 소설이 꿈틀거리는 걸 느꼈다. 남북 그리고 북미정상회담이 열리고 종전선언, 평화협정체결이 목전에 와 있다! 분단이 해체되고 평화와 번영의 봄, 통일의 봄이 오고 있다. 세시풍속에 삼짇날은 봄을 알리는 명절이다. 삼짇날은 '뱀'이 겨울잠에서 깨어나 땅위로 나온다는 날이다. 소설 속 '흑비단 뱀'도 분단이 해체되는 때를 알고 움직이기 시작한 걸까?

이 뱀(소설)이 꿈틀거린다. 시의적절하게도 도서출판 말에선 대중용 서적으로 재출간하자고 한다. 금년 경천동지할 봄기운에 힘입어 개정판을 내기로 하였다. 나 역시 울고 싶은 데 뺨 맞은 격이니, 축복이 아닐 수 없다.

2018년 7월 1일   김영종

거대한 뿌리, 그리고 김일성 만세

초판 1쇄 펴냄 2013년 12월 19일
개정판 1쇄 펴냄 2018년 7월 11일

글 김영종 **그림** 정승훈
펴낸이 최진섭 **북아트 총감독** 김영철
표지디자인 조혜연 **본문디자인** 김나영, 정승훈
펴낸곳 도서출판 말 **출판신고** 제 2013-000403호(2012년 3월 22일)
주소 서울시 마포구 토정로 222(신수동 448-6) 한국출판콘텐츠센터 316호
전화 070-7165-7510 **전자우편** dreamstarjs@gmail.com

ISBN 979-11-87342-10-6